La mer
c'est rien du tout

DU MÊME AUTEUR

Chez le même éditeur

AIRE DU MOUTON, 2011

LA SALLE, 2015

LA MER C'EST RIEN DU TOUT, 2016

LA FONTE DES GLACES, 2017

L'ARBRE D'OBÉISSANCE, 2019

Chez d'autres éditeurs

ANGLE PLAT, Hors Jeu Éditions, 2002

UN RANG D'ÉCART, L'arbre à paroles, 2003

START-UP, Le Quartanier, 2007

PRÉ OU CARRÉ, Éric Pesty Éditeur, 2015

RUCHE, Éric Pesty Editeur, 2019

Joël Baqué

La mer c'est rien du tout

P.O.L
33, rue Saint-André-des-Arts, Paris 6e

Cet ouvrage a été réalisé dans le cadre du programme de résidences d'écrivains en Île-de-France.

ISBN : 978-2-8180-5012-5
www.pol-editeur.com

1

Mon frère Paul était plus grand que ma sœur Valérie pourtant très grande pour une fille sans chaussures à talons hauts et bien plus âgée que lui.

On aurait sans doute pu voir notre lien de parenté si elle n'avait pas été belle et moi normal.

Quand j'ai su qu'elle était « miraculeusement belle », j'ai demandé s'il fallait la vouvoyer.

Je la regardais vernir ses ongles avec un pinceau minuscule.

Des boulettes de coton tenaient séparés ses orteils pendant les phases de vernissage et de séchage.

Le coton entre les orteils était un privilège féminin comme les yeux faits, les rires spéciaux et les cheveux propres.

Sa chambre sentait le solvant du vernis à ongles (c'était la seule pièce où les mouches n'entraient pas). Mon père criait : « Elle se drogue à l'éther sûrement, et toi bien sûr tu dis rien ! »

Ma mère savait ne rien dire jamais.

Elle ne nous a jamais parlé de la beauté du monde ni raconté des histoires pour nous endormir dans les rêves.

Après une dispute, il lui arrivait d'emporter Paul dans la nuit en pleurant.

Mon père nous disait, à Valérie et à moi : « Votre mère c'est rien du tout, elle fait son cinéma ! »

« Votre mère c'est rien du tout, c'est la tramontane, ça les rend folles les femmes. » (Variante.)

Souvent elle annonçait : « Je vais me reprendre un cachet *fervessant* ! » Plus mon père criait, plus elle s'enfonçait dans la *fervessance* (son malheur conjugal n'était pas soluble dans l'aspirine, même effervescente).

J'ignore si j'ai été plutôt heureux ou plutôt pas heureux.

Dans sa chambre, seule ou avec Martine, ma sœur écoutait des disques tout en feuilletant des magazines allégés en texte mais pas en photos.

Les tubes du Hit-parade tournaient à quarante-cinq tours par minute sur le tourne-disque Radiola dont le couvercle faisait aussi haut-parleur.

L'aiguille amassait en pelote la poussière des sillons des vinyles. De temps à autre, Valérie nettoyait la tête de lecture avec une brosse encore plus petite que son pinceau à vernis.

Mon père avait confisqué le tourne-disque à cause des Rubettes et de Sheila passés en boucle pendant sa sieste. De rage, Valérie était partie à moto derrière un garçon. Finalement, ma sœur puis les Rubettes et Sheila sont revenus sur la pointe des pieds.

Hormis les disques de Valérie et le générique de l'ORTF, on n'entendait pas de musique dans la maison enquérons (un quéron est un moellon, mais c'est surtout un quéron).

On disait « la grande musique » pour la musique classique, « la cuisine chère » pour la grande cuisine.

Mon père l'affirmait : « L'accordéon c'est plus difficile que le piano parce qu'en plus des touches faut doser l'air. L'accordéon, ça oui c'est quelque chose ! »

Il aimait dire : « Tout ça c'est que des *bouillacades* ! » Les *bouillacades* incluaient les Clodettes, les promesses électorales, le peintre Soulages, les minijupes, les vacances, les sentiments, les disques de ma sœur, la joie de vivre.

Valérie semblait posséder un désintégrateur à garçons très efficace. Elle pouvait aussi les paralyser rien qu'en les regardant.

Certains critères m'échappaient.

Curieusement, je confondais mascara et tamanoir (parce qu'un regard passé au mascara donne des fourmis aux ados ?).

Son amie Martine était belle aussi, mais en bizarre. Elle caressait mes cheveux et mon oreiller sentait les Galeries Lafayette de Béziers.

Elle utilisait beaucoup de *poutinques* pour ses cils, ses paupières, ses joues, ses lèvres, et comme Valérie vernissait ses ongles d'un rouge éclatant.

Les *poutinques* étaient les produits de soin et de beauté, les médicaments (et les cachets d'aspirine).

Martine partie, ma mère aérait en grand « pour chasser l'odeur de poule ».

Elle n'était pas tout à fait une poule de luxe sinon elle se serait appelée Martina. Elle était moins belle que ma sœur et recherchait davantage l'effet tamanoir.

Martine était blonde, Valérie brune, elles avaient les yeux verts et des « jambes de héron » selon mon père.

Pour se faire un allié de l'intérieur, les garçons qui voulaient sortir avec Valérie me soudoyaient avec des Mousquetaires.

J'aimais être soudoyé surtout à cause du mot (je n'ai malheureusement jamais eu l'occasion d'être stipendié).

Le Mousquetaire était une barre chocolatée, longue, fondante et ajourée (ajourée, c'est aujourd'hui que je le dis : à l'époque, le Mousquetaire n'était pas ajouré mais troué ; ajouré c'est mieux que soudoyé, mais moins bien que stipendié).

Par souci de maximisation des gains, j'étais proportionnellement menteur sur les mérites des uns et des autres.

Valérie n'a jamais participé à un concours de beauté. Elle aurait vaincu sans gloire (sa beauté était hors concours).

Martine avait été élue Miss tee-shirt mouillé du Cap d'Agde.

Autour d'elles, si différentes et pourtant longtemps amies, les garçons s'enlisaient dans d'obscures stratégies (avant qu'ils aient complètement sombré, je leur extorquais de quoi acheter un Mousquetaire).

Pendant que son vernis séchait, Valérie mettait parfois un disque de Ringo (le mari de Sheila) pour faire plaisir à ma mère parce qu'un de nos oncles était allé en Thaïlande et que dans la chanson de Ringo, le refrain comprenait « comme ces oiseaux de Thaïlande ». La rime se faisait avec « légende » (une rime avec « guirlande » n'aurait sans doute pas changé grand-chose).

Ma mère aimait aussi écouter « Alexandrie Alexandra ». Après la Thaïlande, ce même oncle avait fait un séjour en Égypte où il était monté sur un chameau (une photo le montrait l'air un peu couillon entre deux bosses affaissées).

Quand Claude François est mort électrocuté, mon père a ricané : « Celui-là, fini de gigoter avec ses *tourdresses* ! »

Les *tourdresses* étaient les filles qui dansaient ou simplement riaient. Les *tourdresses* étaient comme une *bouillacade* qui se serait incarnée. Être jeune et joyeux suffisait pour être un *tourdre* ou une *tourdresse* (et donc ne pas valoir grand-chose).

Je commençais tout juste à me tripoter en reniflant l'oreiller quand Martine a cessé de caresser mes cheveux.

Valérie ne lavait pas les siens pour qu'ils soient propres mais pour qu'ils « fassent du volume ». Je la traitais de tête à volume alors elle me pinçait (pas trop fort).

Grâce à sa belle tête à volume, j'étais souvent soudoyé. Je laissais supposer à ceux qui m'offraient un Mousquetaire que Valérie les aimait bien grâce à moi.

Valérie ayant voulu me laver les cheveux pour la deuxième fois de la semaine, j'avais fui en criant : « Non ! ça va me donner le tétanos ! » Après ça, elle me poursuivait souvent avec un flacon de shampooing pour me faire dire « le tétanos ».

2

Paul bégayait facilement avec les gens, Valérie était facilement regardée par les hommes, mon père hurlait facilement sur ma mère, qui allait facilement s'enfermer dans le magasin.

Dans l'Hérault, on nomme « magasin » une remise ou un garage. Le nôtre était en quérons comme la maison.

L'argent, c'est mon père qui le gagnait et nous qui le gaspillions.

Le patron disait « André », mon père disait « Monsieur ».

J'ai compris qu'un pauvre devenu riche ne s'appelle pas un ancien pauvre, mais un nouveau riche.

Les mois d'été, à Montblanc, on crachait par terre tandis que les poignées pailletées de nos vélos ramollissaient au soleil (les gosses qui crachaient pour s'occuper pendant les vacances étaient les fils de ceux qui trimaient pour rester pauvres).

Montblanc en un seul mot, c'est le nom de notre village près de Béziers. Son lavoir romain, son olivier géant, son clocher (du XIIIe siècle je crois).

La mer devait avoir des avantages puisque tout le monde allait s'y baigner, sauf nous. Mon père disait : « La mer c'est rien du tout, mais l'océan, ça oui c'est quelque chose ! La mer c'est qu'un attrape-touristes ! ».

Pour éviter rhumes et bronchites, il aurait fallu que notre maison en quérons n'ait pas été directement posée sur le sol. Mais creuser un vide sanitaire aurait « coûté bonbon ».

Trop cher pour nous, c'était presque tout. Les meubles de la cuisine étaient en formica, le reste du mobilier en plastique, en bois mou.

Acheter du fromage à la coupe était aussi inimaginable que boire du thé ou sourire à un étranger.

Nous n'étions pas miséreux mais « un peu justes » comme tout le monde à Montblanc sauf le riche au parc avec le dogue, le docteur avec la cravate et le patron avec ses vignes.

Il fallait « faire attention ».

Germaine venait d'Agde tous les jeudis à mobylette avec une remorque pleine de poissons pas chers. Un jeudi, elle n'était plus là à cause de cette vie qu'elle menait dans la pauvreté avec un cœur pas très solide.

Elle disait « ces gens-là » en parlant des sardines (« Je vous en mets combien, de ces gens-là ? »).

Le crépi ocre des façades voulait « faire Occitan » et ne faisait que misérable, surtout après la pluie quand leurs traînées noirâtres semblaient du rimmel ayant coulé sur tout le lotissement.

Le cheval de la benne à ordures était « mené » par Nénain. Arrivé devant la maison en quérons, Nénain était déjà bien attaqué par le vin blanc mais le cheval connaissait les arrêts et les gens vidaient eux-mêmes leurs poubelles dans la benne. Quand il voyait Valérie, Nénain dessoûlait un peu et agitait ses petits bras tatoués de voiliers et de kayaks. La benne était vert sapin, le cheval brun sombre, tout rouge le visage de Nénain, bleus ses tatouages.

Nénain mort, un camion-benne a remplacé la benne chevaline. On ne pouvait plus récupérer le crottin pour les lauriers-roses. Son remplaçant ne buvait pas, et rien ne naviguait sur ses avant-bras recouverts du tissu vert municipal.

3

L'énorme téléviseur était posé sur un meuble contenant une bouteille de liqueur de banane transformée en un gros caillot brunâtre, et deux porcelaines peintes. En les plaquant contre son oreille, on entendait « La mer qu'est rien du tout », etc.

On regardait les westerns avec des personnages de western au milieu de paysages de western (je faisais croire à Paul que le far breton est le far west en plus petit).

Par ma faute, il croyait aussi que la corbeille est l'enfant du corbeau et de la corneille.

Je lui disais que pour s'endormir, il devait compter les moutons de poussière sous le lit.

Mes cauchemars se partageaient entre un taureau lâché dans le jardin et une boule jaune à trois pattes filamenteuses sautillant sur mon lit (hybride de la boule du *Prisonnier* et des pattes des *Shadoks*?).

La poussière de poils récupérée dans le rasoir électrique de notre père servait d'engrais spécial pour les géraniums (j'expliquais à Paul que leurs feuilles deviendraient barbues comme celles des cactus).

J'alignais sur le carrelage de la maison en quérons les soldats en plastique et les Formule 1 trouvées dans les paquets de lessive Bonux.

Aux Galeries Lafayette de Béziers, par la découpe du couvercle, je regardais l'arc-en-ciel rectangulaire des crayons de couleur.

Je ne comprenais pas comment une dent pouvait être en lait (mais ça expliquait pourquoi le sourire de Valérie était éblouissant comme la Voie lactée).

On regardait *Belle et Sébastien*, *Zorro*, *Le Prisonnier*, *Chéri Bibi*, *Les Envahisseurs*.

Une grosse boule constituait l'horizon mollement infranchissable du *Prisonnier*. Un peu ce qu'on ressentait le dimanche dans la maison en quérons (tous les jours pour ma mère).

Dans *Les Envahisseurs*, j'aimais surtout le générique avec sa bande-son et la voix *off* : « David Vincent les a vus. » En toute logique, comme personne à part David Vincent ne les voyait, les Envahisseurs n'étaient guère envahissants (sinon à la façon des termites).

Les films pornos regardés sans décodeur laissaient beaucoup trop de place à l'imagination.

Vus au microscope, les spermatozoïdes de Paul étaient des têtards petits, blancs et agités. Pour lui faire peur j'affirmais : « T'auras bientôt des grenouilles dans les couilles et on t'appellera Couilles à grenouilles ! » Il croyait tout ce que je disais, alors je finissais par le croire aussi et je surveillais mes couilles au cas où. Un soir il a dit à table : « Mes couilles ont coassé », et tous m'ont regardé.

L'ASB encore championne de France (avec Estève débordant de la photo de groupe).

Les verts de Saint-Étienne dans le chaudron de Geoffroy-Guichard.

Léon Zitrone. Denise Fabre. Yves Mourousi. Danièle Gilbert (notez que je respecte la parité).

Giscard offrant un petit déjeuner télévisé à des éboueurs.

Les pièces de cinq francs en argent.

4

Nous allions lance-pierrer l'énorme dogue allemand enchaîné à l'entrée du parc des riches.

Avec un petit pétard bien scotché sur son abdomen, une cigale lâchée dans la nuit faisait à la fois le bombardier, la DCA, le kamikaze et l'absence de survivant (pour la boîte noire, c'était plus compliqué).

Le postulat selon lequel plus l'animal est petit moins il souffre n'était pas apprécié par le peuple des fourmis.

Quand il était calme, on faisait boire du vrai jus de chaussette au fou de la rue des Cathares (les fous font confiance, c'est à ça qu'on les reconnaît).

Il était si fou qu'il ne regardait pas ma sœur.

L'hiver, en crachant sur le dessus du poêle, je fabriquais des petits beignets de salive (frite, la salive se met en boule et grésille). Ce poêle me servait aussi à tester les coussinets des pattes félines. J'ai ainsi eu la preuve que les pattes de chat ne sont pas ignifugées, ni mes joues sous les gifles (ignifugé, c'était un mot nouveau que je n'allais pas accepter sans m'en servir d'abord un peu).

L'été, il y avait des piscines gonflables et des rires partout sauf dans notre jardin parce que mon père ne « voulait pas d'histoires ».

Ma sœur était souvent invitée parce qu'en plus d'être belle, elle savait rester elle.

J'enfermais des insectes dans des tubes d'aspirine vides pour les relâcher dans les cheveux de Paul et de Valérie (dans ceux de Paul ils trouvaient vite la sortie).

J'avais assez de ces tubes pour y enfermer tous les insectes de la Terre et en peupler la Lune.

Une cousine avait rapporté de Lourdes une vierge Marie dont le plastique transparent permettait de voir le niveau d'eau bénite. La tête servait de bouchon. Un jour de grand soleil, je l'avais ramollie avec une loupe et remise à sa place sur la table de chevet. J'espérais que ma mère crierait au miracle (mais c'est mon père qui a crié).

Une autre possibilité surnaturelle eût été d'y introduire un des comprimés de ma mère. Ce miracle de la vierge effervescente, je l'ai conçu puis oublié jusqu'à maintenant où c'est trop tard, j'ai passé l'âge de faire des miracles.

J'étais devenu expert en *bouillacades*.

Paul aimait regarder la partie présentant les sous-vêtements masculins dans les Trois Suisses. J'arrachais pour lui les pages strings pour hommes (les pages guêpières, bas, porte-jarretelles, je les gardais pour moi).

Après avoir bu le jus d'un bocal de cerises à l'eau-de-vie, j'étais tombé raide dans le carré d'artichauts. Ma sœur a dit : « T'as pas attrapé le tétanos mais une cuite. » Mon père a dit : « Pauvre France! » Ma mère est sortie en pleurant du magasin.

Je détestais le chocolat noir que la cousine à la vierge Marie mettait de force dans ma main où je le laissais fondre avant de m'essuyer sur mon pantalon. Ma mère ensuite me giflait parce que je lui avais « manqué » devant la famille.

Mon père disait volontiers : « Les gosses ça va encore quand ils sont petits, après c'est que des problèmes ! »

C'est bonsaïs qu'il nous aurait voulus, toute triste et laide ma sœur et muet mon frère (sans parler de...).

Il disait aussi : « Il faut de tout pour faire un monde », mais le bégaiement de mon frère était-il vraiment indispensable au monde (seule l'était la beauté de ma sœur) ?

Il était plus jeune que moi quand je l'ai découvert sur cette photo où, étonnamment, il a l'air sympathique à côté de ma mère souriante. C'était l'après-guerre mondiale et l'avant-guerre conjugale (sa coiffure des films en noir et blanc, ma mère; son calot coquettement incliné, mon père).

Quand la salle d'eau était occupée il donnait un grand coup de pied dans la porte, mais si on avait mis le verrou on ne la prenait pas dans les reins.

Je regrettais de ne pouvoir bricoler un parapluie bulgare faute d'une foule suffisante dans la maison en quérons pour opérer incognito. Curieusement, je n'ai jamais tenté de saboter les freins de sa mobylette (parce que ça manquait d'exotisme ? parce que je n'aimais pas mettre les mains dans le cambouis ?).

Souvent il disait devant nous n'avoir jamais aimé que ses parents à lui.

On terminait les phrases par « à lui », « à nous », « à eux ». C'est leur maison à eux. C'est pas leur vrai fils à eux. Ce sont ses problèmes à elle. C'est pas nos affaires à nous (c'étaient ses parents à lui qui était notre père à nous qui les préférait eux morts à nous vivants).

Ma sœur c'était sa beauté à elle, mon frère son bégaiement à lui. Ces lignes, c'est votre lecture à vous (c'est notre partage à nous).

Si tous on avait pris des comprimés d'aspirine comme ma mère, on aurait pu nous appeler la famille Aspirine et dire : « La route d'Agde c'est à gauche après la maison en quérons des Aspirine », ou : « Pour aller sur Béziers, prenez tout droit après les Aspirine. » Le père Aspirine. L'Aspirine dépressive. Le pédé Aspirine. L'Aspirine canon. L'Aspirine sportive.

5

Les enfants hollandais du camping semblaient plus joyeux que nous. Ils ne s'habillaient pas avec des survêtements. Leurs chiens n'étaient ni sales, ni hargneux, ni boiteux. Les poignées de leurs vélos ne ramollissaient pas.

Un jour, ma sœur a lâché un mot hollandais et mon père l'a enfermée dans sa chambre.

Valérie était belle dans toutes les langues.

Ses yeux noyaient le ciel dans la mer.

Elle était ambidextre (je croyais donc qu'elle savait nager sous l'eau sans respirer).

Moi, je suis droitier du haut et gaucher du bas (c'est compliqué, mais seulement si on cherche à comprendre).

J'ai toujours eu la main verte et le nombril peu ridé.

Une visite au Louvre m'apprit que j'avais des orteils classiques (celui à côté du gros orteil dépasse les autres comme sur les statues grecques).

De nouveaux voisins sont arrivés que mon père a immédiatement détestés parce qu'ils étaient sociables (il aimait ne pas aimer). L'homme nous donnait du congre et de la roussette qu'il pêchait (dans « La mer qu'est rien du tout, mais l'océan », etc.). Mon père n'osait pas refuser mais dans son dos jetait le poisson aux chats. J'avais consulté un livre de recettes pour pouvoir dire au voisin qu'on l'avait mangé avec de la tomate et des câpres. Mon père aimait pourtant le poisson. Quand il avait bien mangé : « Ah oui ! au moins votre mère c'est une bonne cuisinière, pour ça on peut pas dire ! », sur le même ton que « La mer c'est rien du tout, mais l'océan », etc.

Après être tombé dans un foudre, il a dû partir en cure à Lamalou-les-Bains. À son retour ma mère s'est barricadée pour qu'il n'entre pas. Il a fallu négocier avec l'aide du maire. Tout réjouis, les voisins faisaient semblant de compatir (même dans ces moments, Valérie restait belle).

Ma mère nettoyait les emballages avant de les ranger dans le container jaune. Plusieurs fois dans la journée, entre deux verres d'aspirine, elle allait vérifier qu'ils étaient bien rangés et leur redonnait un coup d'éponge. Un jour de pluie, en allant « voir pour être sûre », elle a glissé et a dû aller dans un centre médicalisé d'où elle n'est jamais ressortie.

À l'occasion, on mangeait des huîtres du bassin de Thau, des tielles sétoises, des moules d'Espagne et des pâtés de Pézenas (la ville de Molière).

On appelait les Gitans des *Caraques* et leurs caravanes des *boîtes à Caraques*. Les *Caraques* élisaient leur roi (*le roi des Caraques*) aux Saintes-Maries-de-la-Mer.

Les chiens *caraques* étaient pires que les nôtres.

Un cousin éloigné, Bernard, fabriquait clandestinement un pastis soupçonné de rendre aveugle. Il avait travaillé comme chimiste dans une usine de plastique pour poignées de cycles et engins divers (probablement celles qui ramollissaient au soleil avec leurs paillettes).

6

En ramassant des feuilles de mûrier-platane pour mes vers à soie, je m'étais fait attaquer par des abeilles ayant fait ruche d'un trou du tronc. Le lendemain, mon père a incendié mon élevage de chenilles de bombyx du mûrier (c'était un petit incendie, mais c'était un petit élevage). En représailles, j'ai fait manger des coquelicots aux lapins qui ont été comme morts (mes vers à soie à moi, ses lapins à lui).

Son cocon est le quant-à-soi du vers à soie.

Mon père éliminait les portées successives en mettant les chatons dans un sac en jute puis en tapant dessus avec une pelle. Parfois, il cognait directement le sac contre un mur. Paul bégayait alors encore plus fort et l'assassin disait : « C'est la pelle ou la rivière ! »

La pelle était plus accessible que la rivière.

Parfois, il épargnait un chaton mâle pour la relève.

Après chacun de ses pelletages exterminateurs je mettais de la poudre de coquelicot dans sa salade mais il résistait mieux que les lapins. Il disait juste, en regardant ma mère : « La salade a comme un goût. »

Tout ça n'empêchait pas Valérie d'embellir. Le silence se faisait quand elle entrait dans une salle d'attente ou un café. Hommes et femmes étaient frappés de stupéfaction. Tous essayaient de savoir si j'étais le veinard et tentaient de cerner mes qualités surnaturelles (je laissais s'installer le doute).

Paul devenait peu à peu ce qu'il était et roulait en Vespa loin de Montblanc avec d'autres garçons. Il disait parfois sans bégayer : « Il aurait dû me tuer à coups de pelle dans un sac moi aussi ou me noyer. »

Le meilleur ami de mon frère s'appelait Pierrot et conduisait comme un fou. C'est au volant de sa Simca Gordini qu'il a rendu notre chien Bobby aveugle en le percutant.

Lorsque Bobby est devenu aveugle, Paul a bégayé « vétérinaire » et mon père a dit : « Et puis quoi encore, pourquoi pas lui acheter une canne blanche ! Ou le donner à un aveugle, comme ça les deux feront la paire ! »

Un chien d'aveugle aveugle ?

(Œdipe, pour un chien, c'est pas un nom.)

Bobby ne buvait pas le pastis de Bernard mais avait quand même fini aveugle à cause de Pierrot (il a donc rejoint la majorité canine du village).

Pierrot aussi aimait regarder Valérie (même ceux qui buvaient le pastis de Bernard la voyaient).

7

Un cousin nous avait offert des seaux de plage alors qu'on ne quittait jamais Montblanc. On s'en servait pour arroser les plantes et noyer les fourmilières.

Ma mère ne s'est jamais décidée à jeter les six grands gobelets destinés aux pique-niques et peu à peu décolorés sans jamais avoir été sortis de leur blister.

Un parasol orange à franges blanches s'empoussiérait dans le magasin depuis le temps où ma mère et mon père ne l'étaient pas encore.

On n'employait jamais de mots pour le seul plaisir de les dire, pas même *bouillacade* ou *poutinque* qui pour nous étaient des mots courants (mais il y avait « le tétanos ! »).

J'essayais de faire pisser les cigales en leur mettant les pattes dans l'eau froide. Si la cigale ne pisse pas, c'est qu'elle ne boit pas. Si elle ne boit pas, c'est qu'elle n'a pas soif. Pourtant, chanter donne soif : le mystère de la cigale !

C'est Bernard qui m'a appris que les cigales ne chantent pas mais font vibrer deux membranes spéciales (seule la cigale mâle est équipée de ces membranes nommées cymbales).

Égarée sous un lampadaire, soumise à une lumière perpétuelle, une cigale mâle vibre à mort (ses cymbales s'emballent).

Les cigales sortaient de terre, noircissaient au soleil puis s'envolaient vers un destin de format estival.

Pour mon père, le prétendu organe spécial des cigales était une *bouillacade* puisqu'une cigale chante avec ses poumons comme tout le monde forcément (mais qu'est-ce qu'on vous apprend à l'école !).

Au café du village, ils buvaient d'abord et chantaient après (ceux qui buvaient le pastis de Bernard chantaient plus fort que les autres).

Le pastis aveuglant sentait comme le pastis normal.

Les chiens du village se partageaient entre éclopés et très laids. Sans doute exterminaient-ils les chiens normaux pour rester entre eux. Sinon, comment expliquer cette cohérence ? Un cartel canin ?

À force d'aveugler les services sanitaires et le fisc en plus des populations locales, Bernard a dû déménager (peut-être est-il retourné travailler à l'usine de poignées fondantes). Bien après son départ, j'ai su qu'il ne fabriquait pas du pastis mais de l'absinthe et que l'absinthe ne rend pas aveugle mais fou. Fou, ça m'a semblé nettement moins grave qu'être aveugle.

8

Les repas de fête se reconnaissaient aux œufs mimosa en entrée et aux portes claquées à la fin.

Dans le plat en inox contenant les œufs mimosa sévissait aussi la macédoine (en boîte) additionnée de mayonnaise (en tube) pour garnir le jambon (« glacé ») roulé en cylindre.

Des anchois disposés en croix bordaient le plat en inox (3 000 points Coop).

Le café arrivait tiède dans les tasses en pyrex accumulées grâce aux points Coop (200 points la tasse).

La toile cirée de la table restait toujours un peu poisseuse (sous la paume, le sel et les miettes faisaient comme du papier de verre).

J'aimais les petits-beurre trempés dans le Nesquik, mais pas cette pâte spongieuse dans la cuillère en fin de bol.

Les brûleurs de la gazinière ronflaient avec le même bleu ciel que celui de la couronne de la vierge Marie dont les seins baignaient dans l'eau bénite.

Les mouches enjambaient les crevasses du plafond en s'aidant de leurs ailes.

Ventre en l'air sous le plafond à l'aplomb de nos têtes, la mouche domestique n'est pas domestiquée mais familière au sens où elle est partout chez elle (comme la mort ?).

À Noël, un petit pin remplaçait le sapin, ça marchait quand même. Chaque Noël ramenait les œufs mimosa, le chemin de croix des anchois et les portes claquées.

Un lama s'était échappé du cirque venu pour les fêtes et réfugié dans le lavoir romain où les chiens du village l'encerclèrent. On espérait qu'il fasse une démonstration de crachats mais il s'est contenté de grincer des dents.

Le pompon restait plus longtemps devant les enfants un peu lents parce qu'on n'était pas encore dans la vraie vie mais sur un manège.

J'admirais ceux qui savaient se faufiler en marche arrière parmi les autres autos tamponneuses.

Martine et Valérie provoquaient des embouteillages.

Tous les garçons voulaient leur servir de conducteurs.

9

La ligne bleue des Cévennes constituait un horizon proche et sans complications.

La vigne était partout autour de nous. L'hiver, des sangliers passaient pas très loin du jardin. L'été, les Canadair passaient pas très loin du toit.

Toutes sortes de bêtes vivaient dans la garrigue, plus petites que moi et aussi belles que Valérie à leur façon.

La transformation du têtard en grenouille me semblait être un mauvais deal à cause du héron au long bec emmanché d'un long cou.

Je n'ai jamais vu d'insecte trop gras (s'ils existent, les insectes obèses restent hors de ma vue).

Les grandes sauterelles couleur de terre avaient des dessous d'aile aux couleurs de l'ASB.

Les poireaux sauvages étaient maigres et violents.

D'épaisses colonnes de moustiques se déplaçaient avec un bruit de moteur électrique dans les rizières de Camargue.

On disait la huppe ou l'oiseau qui pue, jamais la huppe fasciée.

Le soleil était plus fort que les couleurs, seuls le rouge du vernis à ongles de ma sœur et celui des coquelicots y résistaient.

L'été, le ciel brûlait d'ennui. L'hiver, il s'occupait avec quelques nuages.

Les grands draps blancs séchaient dehors en quelques minutes. Les jours de tramontane, ils transformaient le jardin en port.

Les épingles à linge en bois rouillaient par le milieu, celles en plastique aussi.

Lui : le bleu de travail, le béret noir, les chaussures en cuir couleur terre.

Elle : les blouses en tergal, la robe de chambre en nylon matelassé, les pantoufles (400 points Coop).

Eux : les slips et culottes XXL en coton bleu marine ou blanc mis à sécher sur la corde à linge.

Comme un immense parapluie se déployait en mars le mimosa du jardin.

Il y avait les cyprès serrés face au vent du nord, les platanes bordant les routes nationales, les pins parasols offerts au soleil brûlant.

Les feux de feuilles avaient une odeur délicieusement âcre. Comment savoir si on aime ou pas ce genre d'odeur au moment où on la sent ? Ce n'est que bien plus tard qu'on peut l'aimer, mais alors ce n'est plus une odeur.

Les boules sédentaires des cyprès, les boules voyageuses des platanes, les boules « pointées » ou « tirées » sur l'esplanade de la mairie.

Le thym sauvage, l'asphodèle rameux, l'iris blanc, jaune ou violet.

Les geckos se ventousaient partout comme des stickers.

Étalées sur des sacs de jute, les amandes séchaient collégialement.

Je regardais la Grande Ourse palpiter dans la nuit effervescente d'étoiles. La lune rousse était une flaque de miel. Le ciel, une ruche silencieuse.

Je ne me rafraîchissais pas en me baignant, mais en lisant.

Valérie lisait *Bonjour tristesse* sur une chaise longue au soleil en surveillant le séchage de son vernis à ongle.

Lire, c'est un peu comme ramasser les sarments derrière celui qui a taillé les ceps (ou bien les laisser sécher sur place !).

Ramasser les branches après la taille pour faire des fagots était pénible, mais je ne détestais pas passer une journée en plein air.

Plonger dans la lecture était nouveau dans la maison en quérons (les livres étaient accusés de « tuer la vue » et d'emplir l'esprit de *bouillacades*).

Après avoir lu Zola, je fus certain de devenir tuberculeux puisque j'étais fils d'ouvrier (la vigne, c'est comme une mine à ciel ouvert). Dans un miroir, j'observais mes pupilles que le bacille allait bientôt dilater.

Valérie n'était jamais malade (sa beauté la protégeait).

Un bol de bave bouillie d'escargot était censé soigner la bronchite (mais pas la tuberculose). Pour me la faire avaler, ma grand-mère disait : « C'est pas de la bave, c'est de l'écume », mais j'associais l'écume à l'océan, et la bave à l'animal. Je faisais remarquer que ce n'étaient même pas des escargots de mer, dont la bave aurait pu à la rigueur se rapprocher de l'écume marine.

La bave bouillie d'escargot n'a aucun goût.

Ma grand-mère disait les *cagarols* pour les escargots (de la bave d'escargot selon le patient, de l'écume de *cagarol* selon la prescriptrice).

Les bronchites perturbaient ma saison de cross où j'appréciais les conditions extrêmes, surtout la boue scotchante dans les montées (mes mollets spéciaux faisaient la différence).

J'aimais aussi courir dans la chaleur à cigales. Plus il faisait chaud, plus elles activaient leurs cymbales. Plus les conditions de course étaient dures, mieux classé je finissais.

Les Hollandais du camping qui participaient aux courses sur route finissaient sur une civière. Chez eux peut-être ils étaient forts, mais pas dans la chaleur à cigales. Un jour, le fou de la rue des Cathares en a attrapé un qu'on a dû rapatrier en Hollande.

10

Béziers a toujours hésité entre la fiente des pigeons et les crottes canines, mais les étourneaux mettent tout le monde d'accord.

Dans les années soixante-dix, c'est le rugby qui mettait tout le monde d'accord.

L'équipe de rugby de Béziers faisait peur et, dans l'équipe, c'est Estève qui faisait le plus peur. Les Anglais le surnommaient The Beast. En 2006, *The Sunday Times* l'a classé second dans le top ten des joueurs de rugby français les plus effrayants.

On ne parlait pas d'agression ou de coup bas (encore moins de « geste inapproprié ») mais d'« ouvrir la boîte à gifles ». Estève ouvrait souvent la boîte à gifles et se faisait donc expulser du terrain.

Plus tard, j'ai travaillé avec le frère de Palmié, autre joueur de l'ASB (classé 9e des Effrayants, après Estève et Vaquerin, classé 6e), aussi énorme que son frère mais doux et qui ne jouait pas au rugby. Le frère doux pouvait soulever une comporte pleine de raisins (je précise les raisins à cause de la comporte pas évidente pour tout le monde).

Estève courait sur la plage d'Agde attelé à une demi-poutre pour s'entraîner à faire encore plus peur (le sable sans rien à traîner, c'est déjà fatigant; Estève sans le tronc d'arbre, c'était déjà effrayant).

De rouge et de bleu se paraient les allées Paul-Riquet après chaque bouclier de Brennus remporté par l'ASB (Estève bouchait le toit ouvrant du bus qui transportait les champions de France).

11

La tramontane retournait la chaleur comme un gant et faisait claquer les volets comme les pétards qu'on lançait autour du *toro de fuego.*

Le *toro de fuego* fulminait sur la place de Montblanc à l'époque de la féria, quand les filles se laissaient plus facilement embrasser (surtout Martine, mais pas ma sœur). Les artifices allumés sur ses flancs de plastique striaient la nuit de banderilles de feu.

Une silhouette de taureau en métal noir se dressait au bord de la Nationale 113 près de Béziers, où s'affichaient les dates de la féria (mi-août).

Dans l'arène, un taureau ne meurt que s'il est tué (parfois ça prend du temps).

Les ballerines des toreros glissaient sur le sable devant les redoutés taureaux Miura.

Les séquences de la corrida peuvent du pareil au même s'enchaîner grâce à l'inébranlable toréité du taureau. Chaque taureau part de zéro, alors que chaque toréro part de la tradition accumulée.

Malgré la science tauromachique, une corne est une corne.

Anita m'avait offert un livre sur la vie d'El Cordobès (*Ce soir tu auras une maison ou tu porteras mon deuil*).

Je connaissais toutes les tricheries possibles, comme limer les cornes du taureau pour fausser ses repères ou lui tasser l'échine à coups de sac de sable juste avant son entrée dans l'arène.

J'ai vu El Cordobès âgé toréer aux arènes de troisième catégorie de Palavas-les-Flots (retraité, il n'avait plus le droit de porter l'habit de lumière). C'était comme Nadia Comăneci revenue à la poutre en s'aidant d'un balancier, ou Léonard de Vinci dessinant au pantographe.

Les banderilles comme hybride du harpon et de la guirlande.

Paul, à la fin, c'était comme un El Cordobès ayant définitivement perdu l'habit de lumière et coincé dans l'arène de la trithérapie.

Moi, c'est pas à moi de le dire. Pour Valérie, je vous dirai peut-être, plus tard.

12

L'animal des vendanges était le criquet jaune et vert suivi de la couleuvre brune enroulée autour du cep (la couleuvre commence en ovale et finit progressivement, alors que la vipère commence en triangle et rétrécit d'un coup).

Je détestais être mouillé par la rosée quand je commençais à couper le raisin.

Les routes menant à la cave coopérative étaient couleur lie-de-vin et couvertes de papillons qui par milliers aspiraient le jus déversé par les remorques pleines à ras bord (je les imaginais s'envoler tous en même temps en emportant la route collée à leurs pattes !).

Les toits des vieilles caves coopératives de l'Hérault ondulent comme ceux des pagodes.

J'aimais l'odeur des immenses caves où mon père redevenait provisoirement crédible.

Pousser quelqu'un dans un tas de moût de raisin n'était pas une preuve de sympathie.

Le jus de citron enlevait le noir du jus de raisin sous les ongles mais ravivait le rouge des inévitables coupures.

Une équipe de vendangeurs s'appelait une *colle*.

Je travaillais avec des *colles* majoritairement composées d'Espagnols venus *faire le raisin* en France.

L'un des hommes faisait parfois jaillir à l'improviste un *cante jondo* qui pour quelques minutes redressait nos dos avant qu'on ne reprenne le travail avec un surcroît d'humanité, même si on ne le savait pas.

Nous buvions à des gourdes de peau d'où le liquide en très fins jets giclait entre les lèvres (elles ne devaient pas toucher le goulot). Le cuir donnait à l'eau un goût proche de celui des bâtonnets d'esquimaux ou de ceux du médecin supputant ce qui par l'arrière-cour de votre gorge arrive (pour moi, l'angine et la bronchite !).

Les vendangeurs andalous faisaient griller les grandes sauterelles (celles aux longues cuisses charnues et aux dessous d'ailes rouges ou bleus).

Hispanité oblige, ils me prononçaient « Roël ». Pour se moquer, Anita disait : « Ça va, Roro ? » Jojo c'était pas mieux ! Moi je l'appelais Anita ou *mi corazón*.

C'est surtout par le nom (*queso*) que leurs fromages se distinguaient d'une pierre.

Aux repas fêtant la fin des vendanges, Anita dansait le flamenco dans une robe à volants rouge et noire. Elle était alors plus belle que ma sœur mais elle dansait avec toute l'Andalousie derrière elle (c'était presque de la triche).

Valérie rayonnait tranquillement par sa seule nature : sa beauté était apatride.

Après, Anita redevenait Anita tandis que la beauté de ma sœur restait une et indivisible.

Moi je restais moi et je ne me rappelle pas avoir beaucoup aimé ça (être moi ne m'a jamais semblé constituer un avantage décisif).

13

Arlette s'est noyée dans le bassin du cimetière en y puisant de l'eau pour arroser les fleurs sur la tombe de son fils.

Le fou de la rue des Cathares est mort assez jeune et on a suivi le cortège. Mort, un fou n'est plus fou mais seulement mort (sa mère l'aimait davantage que son frère pas fou). Il s'appelait Gilbert.

Au cimetière de Montblanc comme dans tous les cimetières de France s'embuent ces petits portraits sous verre où les vingt ans des morts sont emballés dans l'uniforme de la guerre de 14-18.

Côté route, les murs du cimetière avaient de belles teintes bleu-vert (la pompe à eau servant à diluer le souffre des machines à sulfater se trouvait tout contre).

Il fallait tuer le mildiou, l'oïdium, la pourriture grise et l'araignée rouge.

Mon père revenait du sulfatage avec un visage bleu-vert et deux grands rectangles blancs à l'emplacement des lunettes de protection (*Les Fous du volant* à la télé avaient le même genre de lunettes).

Il y avait le chasselas, le merlot, la clairette. Et l'aramon, le carignan, le muscat.

Mon père voulait « faire venir » du muscat d'Alexandrie qui lui ne voulait pas à cause de l'humidité marine.

Les figues se faisaient venir toutes seules.

J'aime cette odeur de culotte qu'ont les figuiers saturés de sève.

J'ai toujours détesté les charentaises sans pourtant y renoncer parce que l'être humain est une créature complexe, écartelée entre esthétisme et pragmatisme.

La guêpe tapie dans la figue benoîtement gobée était crainte. Présumant l'hyménoptère, nous ouvrions chaque figue avant de la manger (on en connaissait que leur glotte piquée avait étouffé par gonflement).

On ne cultivait pas le melon à cause de l'eau trop chère qu'il leur fallait en grande quantité. On faisait venir les tomates un peu, les salades, les fèves et les artichauts où pullulaient des araignées naines.

Les nuits sans nuages on voyait Sète mais pas Georges Brassens et encore moins Daniel Guichard. Je me souviens de sa chanson sur son père qu'il appelait « Mon vieux ». *L'été on allait voir la mer*, disait le refrain, c'était pas comme chez nous (mais peut-être qu'il n'y allait pas non plus et c'est pour ça qu'il chantait le contraire).

Voir briller le phare de Sète me rassurait sur le temps à venir qui ne serait pas de brume marine (quand le phare disparaissait, la bronchite arrivait).

Certains jours le pain était spongieux, le sel coagulé et les chambranles gonflaient comme glotte après guêpe.

Le vent marin ne m'apportait pas des idées de voyage mais la fièvre.

En trois coups de rabassier, mon père désherbait le tour de pied d'un cep. Il était bien plus fort en vigne qu'en relations humaines. En quarante-cinq ans de travail, il a dû désherber au rabassier l'équivalent d'un chemin allant de la Terre à la Lune.

Le rabassier m'a frôlé comme il a frôlé mon frère. Les filles, c'est la caisse des supermarchés qui les frôlait et souvent les attrapait. Elles devenaient les femmes d'hommes à rabassier.

« Si tu travailles pas à l'école, tu prendras le rabassier. »

À seize ans j'ai gagné un championnat, un article dans les pages sport du *Midi libre*, et mon père a dit ce qu'il avait à dire sur l'intérêt de la course à pied quand on a de pareils résultats scolaires (le rabassier !).

Il fabriquait lui-même ses manches de rabassier. Le bois gonflant dans l'eau remplissait le cylindre de métal, puis en séchant s'y calait.

14

Je me rendais aux entraînements d'athlétisme à Pézenas en auto-stop. Quand personne ne s'arrêtait : douze kilomètres aller + l'entraînement + douze kilomètres retour (sans le vouloir, je suis ainsi passé du demi-fond au fond). C'était beaucoup mais insuffisant pour devenir kényan.

Un type posant des affiches pour un cirque m'avait pris en stop et exposé que « l'amour entre hommes ne fait pas forcément mal » (j'ai fini les kilomètres restants en petites foulées !).

J'avais le mollet spécial, Valérie la beauté spéciale, Paul l'élocution spéciale, notre mère le silence spécial. On aurait préféré un père et mari moins spécial. Alors on n'aurait pas eu besoin d'être spéciaux, surtout Paul qui parlait par rafales et ma mère qui se taisait derrière la porte du magasin.

Lors des tests de Cooper au lycée, je prenais plusieurs tours au deuxième grâce à mes mollets spéciaux et à l'auto-stop qui n'avait jamais très bien fonctionné.

Comme Estève je courais dans le sable (mais sans traîner de poutre !).

J'avais les pieds plats et courais le marathon en deux heures et vingt-six minutes simplement parce que j'en étais capable (je courais de plus en plus vite sans que mes pieds deviennent de moins en moins plats).

Je regardais à la télé les records programmés avec lièvres de Sebastian Coe où manquait l'essentiel : la possibilité d'être vaincu et pas seulement d'échouer face à un chronomètre.

Je ne mangeais ni pâtes, ni riz, ni pain, mais des glucides lents. Je ne buvais pas, je m'hydratais.

Je respirais de l'air pauvre en oxygène pour multiplier mes globules rouges. C'était plus pratique que des stages en montagne et, comme *bouillacade*, insurpassable (regarder la télé en portant un masque relié à la bouteille d'air comprimé prêtée par mon club !).

Un jour, mon entraîneur m'a expliqué que j'étais trop grand pour espérer internationaliser ma foulée : le ratio optimal taille/densité osseuse/ampleur de la foulée, ce sont surtout les coureurs des hauts plateaux africains qui l'ont.

Tout s'est effondré. Je n'irais jamais aux Jeux olympiques.

J'ai compris que j'étais moins doué que les vraiment doués. En France il y avait quelques cas avec des mollets encore plus spéciaux que les miens, sans parler des coureurs avec le bon ratio (les Kényans, les Éthiopiens).

À compter du jour où j'ai su que je n'avais pas le bon ratio, j'ai cessé de respirer à la bouteille.

Paul aimait annoncer : « C'est bientôt les jeux qui piquent ! » C'était ceux où Nadia Comăneci croulerait sous l'or. J'étais tombé amoureux de la petite reine des Jeux olympiques de Montréal. Quelques années plus tard je l'ai revue à l'écran, bouffie et avachie dans un canapé.

Je ne plaisais pas particulièrement aux filles, sauf dans les compétitions quand mes mollets spéciaux me conduisaient sur le podium. J'associais chaque fille de mon club à un chrono, une performance, un record personnel dans sa spécialité. Elles ne m'intéressaient pas sauf Marie qui en juniors sautait déjà plus haut que moi debout. Mais même Marie n'aurait pu me faire oublier la petite reine des Jeux. Elle avait pour handicaps d'avoir le même accent que le mien, de porter les couleurs du même club et d'être parfaitement accessible. Pour moi, elle n'était qu'un numéro (de dossard).

J'appréciais beaucoup la mode des minijupes et des bottes vernies. Les vieilles se signaient en voyant les filles porter ça dans les rues du village. Voyant Martine, elles tiraient les rideaux. Voyant Valérie, elles remerciaient Dieu d'envoyer ses anges sur terre.

15

À part la course à pied et Anita Lopez, pour moi tout était des *bouillacades*.

Anita embrassait mieux que moi avec la langue. Son frère m'avait expliqué : « C'est normal, elle s'entraîne avec des stylos Bic pour muscler sa langue. » Je n'ai pas aimé l'idée qu'Anita pense à un Bic en m'embrassant ! J'ai demandé à ma sœur si elle aussi faisait des trucs cochons avec les Bic (c'est la seule fois où elle m'a giflé).

Je craignais que trop de langue donne la tuberculose.

Le sein droit d'Anita était ponctué d'un gros grain de beauté, comme un début de grappe un peu dégoûtant (j'embrassais plutôt le gauche).

J'ai pénétré en terre étrangère sur la banquette arrière d'une voiture sentant le cigarillo. Un taureau en plastique pendait au rétroviseur. Pour la première fois, mes têtards purent nager hors de moi (la grenouille serait pour Anita).

Anita a eu mal au ventre. Ma sœur a dit : « Crétin ! », Martine a dit : « Imbécile ! », Paul a dit : « Crétinbécile ! » Mais heureusement ce n'était pas ça !

Elle portait d'immenses anneaux d'or, des jeans serrés et des bottes camarguaises à talon biseauté. Elle détestait Franco, les fromages mous et la superstition de sa grand-mère (se rappellerait-elle aujourd'hui des Bic d'entraînement ?).

Souvent, au plus fort de l'amour, Anita sauvagement criait : « *Mata me! Mata me!* »

Une soirée sangria nous a fait voir l'univers à la façon du Greco.

On était une des rares familles qui ne finissait pas en ez. Fernandez, Marandez, Hernandez, Lopez, Valdez (le petit Amador Valdez écrasé par une machine à vendanger).

La plupart des enfants étaient des fils d'ouvriers espagnols qui travaillaient la vigne ou montaient des murs de quérons. Leurs sœurs avaient de grands yeux noirs. On ne se téléphonait pas, on s'appelait en criant nos prénoms sous les fenêtres.

Une presque entière saison, j'ai dansé dans une troupe folklorique en tenant une treille en plastique au-dessus de ma tête ! C'était pour accompagner le frère d'Anita qui était aux percussions. Mon sens de l'amitié l'emportait sur mon sens du ridicule (avec la danse, j'avais un problème de ratio encore plus compliqué qu'avec les Kényans).

Près de Valérie, toutes les femmes avaient un problème de ratio.

La canicule fendait les trottoirs. Une robe mouillée séchait sur un corps venu d'Amsterdam. Je découvris que je pouvais mentir à Anita.

J'ignorais qu'Anita serait de moins en moins elle et de plus en plus mon adolescence.

16

Après son bac, Valérie s'est engagée dans l'armée de terre. Quand elle est partie, l'odeur du vernis et le bruit du sèche-cheveux m'ont manqué. On ne me soudoyait plus. On ne me faisait plus dire « le tétanos ».

Ses cartes postales de Paris ne sentaient rien. Si elle avait écrit, celles de Martine auraient senti la poule, et peut-être Paul, en triant le courrier, à Lyon, aurait-il reconnu leur parfum sucré.

Son épaule parfois s'enrayait à cause des gestes répétitifs du tri postal. Il disait qu'un de ses amants était un écrivain qui *faisait des livres* de cinq cents pages (je ne le croyais pas à cause du nombre de pages). Sa vieille Dauphine calait dans la montée vers la basilique de Fourvière. Dans son studio, rue Lacassagne, il se nourrissait de merguez, de riz blanc et de crème dessert Mont Blanc (parfum praliné). Il accumulait le dentifrice acheté en promotion (moi, j'accumule les mots).

À Paris, Valérie est devenue encore plus belle et pour beaucoup plus de regards mais a perdu son accent en quelques mois.

Elle parlait « pointu » (mais certaines voyelles faisaient de la résistance).

Femme aux yeux très écartés, Beauté à taille de quartz. Ces paroles d'une chanson de Bernard Lavilliers semblaient écrites d'après elle.

Elle a été filée par les services du contre-espionnage militaire.

Comment marcher au pas dans une caserne le jour et faire le pas du héron sur un podium en soirée ?

Comment être mannequin et militaire de carrière ?

Comment conjuguer défilés militaires et défilés de mode ?

Après les défilés je lui disais : « T'as fait le vrai pas du héron ! » Ou : « Les autres, elles font beaucoup moins bien le pas du héron ! » Ça la faisait rire, mais pas autant que « le tétanos ». Elle sortait avec des chanteurs du Hit-parade (mais pas avec Brassens ni Guichard).

Je ne l'ai pas reconnue la fois où elle a défilé avec une coiffure pareille à une termitière de la savane africaine.

Elle a été de moins en moins jeune mais de plus en plus gradée dans l'armée. On l'a mise aux relations publiques et sur les affiches de recrutement.

Elle s'est mariée avec un restaurateur parisien qui ressemblait à Ringo (le mari de Sheila) ; il aurait pu être laid, ma sœur était assez belle pour deux. Il l'a quittée quand elle est devenue pas moins belle mais moins jeune, pour une femme moins belle mais plus jeune (il avait dû s'habituer à sa beauté).

17

À dix-sept ans, j'ai devancé l'appel. Je suis sorti de la maison en quérons pour entrer dans la caserne en tristesse à Auxerre où jour et nuit tombait la pluie.

Pas de sweet home jamais, sauf peut-être quand j'étais avant même de parler les mots.

Après mon service militaire, j'ai intégré l'école de gendarmerie de Châtellerault.

Pour aller au bout de la scolarité, il suffisait de cirer ses rangers jusqu'à la vitrification, connaître les trois ou quatre formules juridiques de base et bien repasser les trois plis dorsaux de ses treillis et chemises. Le bon écartement des plis correspondait à la largeur d'un paquet de Marlboro. Notre instructeur le répétait : « Le vêtement distingue l'homme de l'animal. L'uniforme distingue le gendarme du non-gendarme. Les trois plis distinguent le gendarme du cruchot. » Ne pas respecter l'écart Marlboro nuisait gravement aux départs en week-end.

À la fin de la formation, je n'avais pas encore vingt ans et la direction générale de la gendarmerie a confirmé le texte interdisant aux moins de vingt ans d'être affectés en brigade territoriale (gendarme en estafette dans les campagnes).

J'ai été le plus jeune gendarme de France.

On m'a donné un casque, un bouclier et une matraque (renommée plus tard bâton de défense). Au village, ils ne disaient pas « gendarme mobile » mais « garde mobile ». J'ai été affecté à l'escadron de Lodève où, bien plus tard, j'ai su qu'il y avait un festival de poésie. Dans les manifs, en face, c'étaient souvent des viticulteurs mais la vigne passait du côté des machines et les pères licenciés ou surendettés n'étaient pas si mécontents de voir leurs fils devenir militaires, fonctionnaires ou gardes mobiles. C'était ça ou le rabassier, la truelle, le RMI.

Pour mon père, être gendarme n'était pas une *bouillacade.* « Une carrière dans la gendarmerie, ça oui c'est quelque chose. »

Dans les cars de maintien de l'ordre on jouait au tarot derrière les vitres grillagées en essayant d'amener le petit au bout (le petit est le tarot n° 1).

Au Parc des Princes, les hooligans britanniques faisaient des concours de cassage de gueule. Ils aimaient prendre des coups (le plus amoché avait gagné) autant qu'en donner. Certains voulaient troquer nos rangers contre leurs Doc Martens. On les comprenait sans comprendre l'anglais ! Leurs sourires étaient troués, leurs crânes rasés, leurs bras tatoués.

J'ai exercé la force légitime à la ville comme à la campagne et sur les causses.

À Paris, place de la République, une manifestante portant tailleur à boutons dorés et chignon compliqué m'a lancé que j'avais un « rire agricole », alors que je n'avais même pas souri ! Elle était de ces gens-ci, et moi de ces gens-là (du menu fretin, comme celui de Germaine).

J'ai pris des congés pour faire les vendanges à Montblanc mais quelque chose s'était cassé entre moi et la *colle*. Mon métier rappelait aux plus âgés les camps français où on les avait placés alors qu'ils fuyaient la dictature. D'un côté des Pyrénées la Guardia civil, de l'autre la Gendarmerie nationale. Je n'étais plus seulement « Roël » : mon métier commençait à me digérer.

Anita a détesté mes cheveux courts.

Je n'ai pas aimé sa blouse de caissière.

Plus tard, elle s'est mariée avec un ostréiculteur de Mèze (moi, je ne me suis marié ni à Mèze ni ailleurs).

J'ai utilisé plusieurs générations de vestiaires en métal avec les trous d'aération ronds, carrés ou en ouïes selon les époques.

Danielle Mitterrand faisait photographier par les Renseignements généraux les pins de Latché que nous écorcions ou dont nous gravions les troncs pour meubler l'ennui des vacations à garder la résidence présidentielle.

Le Président en promenade dans les bois m'ayant adressé quelques mots, j'avais dû faire un rapport en cinq exemplaires : J'ai l'honneur de vous rendre compte que ce jour, à 8 h 50, étant en faction au poste numéro 4, j'ai vu approcher le président de la République, etc.

Un collègue avait laissé partir une rafale de pistolet-mitrailleur. Circonstance aggravante, sa guérite jouxtait le pré où broutait l'âne du président (en cas de mort par balles de l'âne présidentiel : J'ai l'honneur de vous rendre compte que ce jour, à 2 h 55, étant en faction au poste numéro 2, j'ai flingué l'âne présidentiel...).

Je suis parti avec l'escadron en Nouvelle-Calédonie où un indépendantiste kanak m'a demandé si, vraiment, je lui trouvais une tête de Français.

Bien que réputés inoffensifs, les requins de la baie des Citrons gâchaient mon plaisir de faire l'amour dans l'eau, accroché de nuit à un ponton, avec Lisa.

Dans les squats de Nouméa se buvait de l'alcool coloré au cirage pour chaussures (c'était pire que le pastis aveuglant).

Les maçons kanaks lançaient des sacs de ciment de cinquante kilos dans un camion tout en sifflotant (même Estève aurait fait demi-tour).

J'avais participé avec mon escadron au tournage du film *Zone rouge*, au bord du lac de Lodève (on m'aperçoit de dos, en treillis, chargeant un cercueil dans un camion).

Dans un premier temps, Robert Enrico m'avait choisi pour rattraper Sabine Azéma évanouie avant de préférer un autre gendarme plus petit mais plus télégénique. Voyant Valérie, il aurait tourné un film rien que pour elle (impossible de déduire la sœur du frère !).

Est-ce qu'avoir du talent, c'est créer de l'évidence ? Si oui, alors Valérie avait du talent pour la beauté.

18

Quand j'ai quitté la gendarmerie pour la police, ma mère a fait une crise de nerfs et s'est enfermée dans le magasin parce qu'à ses yeux je me révélais instable et finirais donc à la rue !

Retraité, mon père continuait à manier le rabassier par habitude et restait longtemps assis dans le magasin en regardant par terre.

Il a jusqu'au bout refusé Paul gay et pas seulement facteur, Valérie mannequin et pas seulement sous-officier de l'armée de terre, Joël écrivain et pas seulement fonctionnaire-avec-la-sécurité-de-l'emploi.

J'ai quitté la gendarmerie et Lodève pour l'école de police de Chassieu, près de Lyon où Paul était facteur.

Toute ma promotion d'élèves gardiens de la paix a été versée dans des compagnies républicaines de sécurité. Les CRS, tout le monde connaît de nom. Depuis 68, la marque à l'écusson rouge circule dans le langage courant comme le frigidaire ou le k-way. Pour le grand public, la trilogie manif-casques-matraques identifie son CRS comme ses rayures le zèbre. Mais personne ne distingue le CRS du gendarme mobile ou du policier des compagnies d'intervention, pas plus que le zèbre de Burchell du zèbre de Grévy, tous deux de l'espèce *equus burchelli* comme CRS, GM et CI appartiennent à l'espèce *forces mobiles d'intervention*.

J'ai été membre actif du peuple des enfants, adolescent vaseux (mais courant vite et longtemps !), gendarme mobile, CRS avec la spécialité de maître nageur-sauveteur et puis officier de police, encore en ce moment où j'écris ces lignes.

On m'a affecté à la CRS n° 4 de Lagny-sur-Marne. L'unité occupait le château de Pomponne.

Place de la Nation, à Paris, un manifestant m'a lancé : « Toi t'as pas la gueule de l'emploi mais on te l'explosera quand même tout à l'heure ! » (Le ministère de l'intériorité déjà contaminait souterrainement le ministère de l'Intérieur.)

Une Rolls bleu marine venait chercher ceux qui acceptaient de participer à des soirées, sur leur temps libre, dans un penthouse de la rive droite parisienne. Il y avait de grands lustres, de grands divans, de grandes pièces. Ils devaient apporter leurs menottes : en toutes choses, l'occupant des lieux préférait l'original aux copies, mais on trouvait chez lui des femmes superbes qui n'étaient pas toutes des femmes.

Je ne passais plus les étés à cracher par terre mais à surveiller des plages. J'aimais prendre la température de l'eau depuis le Zodiac pour la noter ensuite sur le tableau du poste de secours. Le temps d'infusion du mercure, je lisais quelques pages de Proust et la mer de Balbec me paraissait alors bien plus réelle que la mer de Port-Leucate.

Lors de ma première saison comme maître nageur-sauveteur des CRS, une gamine s'amusait à me suivre pas à pas le long du rivage les mains dans le dos pour m'imiter : toute la plage riait et moi aussi. Me retournant brusquement, je disais « la piqûre » et elle fuyait en criant-riant parce qu'un jour je lui avais montré les seringues et la table de soins du poste de secours où finissent les enfants pas sages (« la piqûre » me rappelait « le tétanos »).

J'aimais dire « la piqûre » parce qu'elle avait peur, mais pas trop.

À la fin de ses vacances, je lui ai offert un de mes tee-shirts floqués avec l'écusson rouge des CRS (ses parents m'ont dit plus tard qu'elle l'avait porté des jours durant, même si elle se prenait les pieds dedans).

Un vieil homme était revenu à lui après mon massage cardiaque. J'ai vu alors ce numéro tatoué sur son poignet où je surveillais le pouls. C'est comme si j'avais ressuscité un déjà ressuscité.

Bien plus tard, dans un bus rempli d'écrivains invités à un festival de poésie, j'ai longé une plage que j'avais jadis surveillée avec mon maillot et mon tee-shirt réglementaires. Ils voyaient la mer et moi un morceau de mon passé.

J'ai commencé à « écrire » après qu'un vacancier m'eut remis un livre de Francis Ponge trouvé près du poste de secours où chaque matin je hissais le drapeau vert (parce que la Méditerranée c'est rien du tout, etc.).

La poésie non poétique, j'ai de suite dit : « Yes ! »

Sans ce livre, on ne serait sans doute pas là vous et moi à se flairer de loin.

19

Chaque matin je suis devant l'écriture. Elle devant moi, ça dépend. Dans les bons moments, nous deux, c'est comme faire ensemble du bobsleigh (wouah !).

Les choses circulent dans mon dos et parfois se rencontrent autour d'un mot.

Tout n'est pas vrai mais rien n'est faux.

J'ai toujours aimé le peuple grêle des livres.

À six ans, j'ai provisoirement perdu confiance en la chose imprimée quand j'ai lu Marsien au lieu de Martien dans *Pif Gadget* (en plus, le désintégrateur en kit ne fonctionnait pas !).

Je ne lisais plus que *Rahan, fils des âges farouches* (*fils de Craô*, pour l'état-civil).

Je pense à cette phrase de Don DeLillo : « Un appartement facile à vivre avec des bananes qui mûrissent sur l'appui de la fenêtre. »

Je n'oublie pas qui oublie de me rendre les livres prêtés (j'ai une mémoire livresque).

J'écris à la verticale comme sur un monument aux morts.

J'aime le mot « cadastre » malgré ses défauts.

Je reste rétif à la masculinité de « termite ».

(Ce geste pour marquer les guillemets quand on parle, c'est comme enlever sa culotte en s'excusant d'être nu dessous !)

La mortadelle ne saurait être mieux nommée.

J'ai appris à écrire avec des plumes Sergent-Major et je rédige ces lignes sur un ordinateur. C'est être passé en moins d'une génération de l'Âge de plume à l'Âge de silicium !

Main à l'AZERTY vaut bien main au stylo.

20

J'ai envié cet homme à qui sa fillette minuscule demanda au sortir de la boulangerie si elle pouvait avoir le chignon (c'est elle qui portait la baguette). J'aurais aimé qu'une fillette minuscule me réclame le chignon. Après, je lui aurais souvent fait dire « le chignon ! ». J'y pense aujourd'hui encore quand je mords dans un quignon (avoir l'exclusivité des deux quignons n'est pas un avantage, mais une solitude).

C'est alors que le peuple des enfants s'est révélé à moi : je l'ai vu partout dans les rues avec ses cris, ses rires, sa joie.

Le peuple des enfants est inénarrable (s'il n'existait pas, il faudrait l'inventer !).

Le peuple des enfants roule devant lui sa joie énorme.

Le peuple des enfants infailliblement repère les couleurs de l'enfance.

Sable et rires s'égrènent sur les plages où le peuple des enfants s'adonne à la vie.

Il est aisé de propulser le peuple des enfants dans la danse et dans le chant (l'arrêter l'est moins !).

Augmentant son volume sonore, le peuple des enfants augmente aussi sa joie.

Le peuple des enfants aime avoir peur pour s'enfuir en criant.

Le peuple des enfants est le seul peuple à compter autant d'ambassadeurs que de ressortissants.

J'aimerais offrir de beaux souvenirs d'enfance à une fillette minuscule qui me réclamerait « le chignon » (mais tout reste à faire !).

Le martinet était un knout à l'usage du peuple des enfants.

S'il avait suffisamment de dents, le peuple des enfants parfois mordrait ses oppresseurs.

Le charme du peuple des enfants tient pour partie à sa prononciation et à sa dentition aléatoires.

Le peuple des enfants des années 60 a grandi entre les yeux de biche et les pattes d'éléphant.

Dans le train vers Nîmes, une fillette a éclaté en larmes parce que son doudou « sentait bon »! Il ne sentait plus leur compagnonnage mais la lessive (j'ai dit aux parents qu'un doudou passé à la machine à laver se paye plus tard par dix ans de psychanalyse).

J'aime retrouver la joie supersonique du peuple des enfants le samedi matin dans les médiathèques.

Le peuple des enfants ne saurait être plagié par la horde des adultes.

Le peuple des enfants sautille dans les rues froides avec ses capuchons pointus et ses bonnets à oreilles d'ours.

Le peuple des enfants aime peupler la neige (tombée spécialement pour lui).

Le peuple des tout petits enfants gravit les escaliers avec application et grand sérieux (l'ascension des enfançons).

Le peuple des enfants inéluctablement se dissout dans les rangs des adultes.

Personne n'a le temps de s'habituer à son enfance.

Le peuple des humains est papillon d'abord, chenille longtemps et larve enfin.

Le peuple aux joies déployées comme des mimosas.

Le peuple des enfants ne déteste pas le mode processionnaire s'il ne s'éternise pas.

La joie du peuple des enfants n'est pas chose négociable.

Le peuple des enfants est un et indivisible.

J'aime les cours de récréation vides car partout où il fut le peuple des enfants laisse un écho profond.

Le peuple des enfants est doué pour l'enfance.

Le peuple des enfants marche au plus près du sol dans l'allégresse.

Le peuple des enfants aime l'animal sous toutes ses formes ou presque.

Le peuple des enfants héberge volontiers le peuple des poux.

Le peuple des enfants habite où il se trouve quand il s'y trouve.

Certaines enfances sont de la viande à cauchemars.

Les vies adultes réussies sont la poursuite de l'enfance par d'autres moyens.

Le peuple des enfants aime aimer et être aimé.

Le peuple des enfants reconnaît les siens.

Le peuple des enfants aime la flottante rectitude des cadrans solaires.

Tocs enfantins : tourner autour des arbres, dénombrer les pavés, suivre le bord des trottoirs, appuyer sur les sonnettes et les boutons d'ascenseur.

Le peuple des enfants est aventureux et couard.

Le peuple des enfants est facile à corrompre, mais pas toujours.

Comme le peuple des lemmings dans l'océan, le peuple des enfants dans l'adolescence s'engloutit.

Des Mousquetaires, s'ils existent encore, je n'aimerais sans doute que les fragments d'enfance restés coincés dans leurs trous (devenus espaces ajourés).

21

J'ai obtenu une mutation à la CRS n° 53 de Marseille. On ne jouait pas au tarot mais au poker. Quand les nouveaux étaient adoptés on ne leur serrait plus la main, on leur faisait la bise.

Marseille persévère dans la crasse et la lumière.

J'aimais ce bleu immense où le passé scintille dans le présent.

Les pointus du Vieux Port ont des couleurs assorties au peuple des enfants.

Je flânais dans le port industriel avec au loin la montagne de Cézanne et à mes pieds la Méditerranée (qu'est rien du tout mais l'océan, etc.).

L'océan n'est pas arrivé jusqu'à Marseille.

Il y avait des cargos aux coques rouillées avec des caractères en cyrillique, la faucille et le marteau.

Je contemplais les chaînes d'amarrage aux anneaux énormes forgés là-bas chez les Rouges.

Les équipages avaient les yeux clairs et méfiants (leurs cigarettes sentaient autrement que les nôtres).

Le 1er Mai, dans la maison en quérons, nous regardions les défilés en noir et blanc de l'Armée rouge, avec Brejnev en bonnet de fourrure sur un balcon du Kremlin.

Mon père disait : « L'Armée rouge, ça oui c'est quelque chose ! »

Bernard estimait qu'un ours ayant bouffé Brejnev chierait des médailles trois jours durant.

Un 31 août, j'ai baissé le drapeau d'un poste de secours pour la dernière fois. J'ai restitué mon casque et mon gilet pare-coups. J'avais réussi le concours d'officier de police et quittais Marseille et les CRS.

Je suis revenu en région parisienne où les bises entre collègues étaient hétéros.

Nous ouvrions parfois les portes au bélier. La tension nouait un étrange lien entre eux fichés au grand banditisme et nous fichés à la Police judiciaire.

Lors des perquisitions nous trouvions parfois des filles en cours « d'attendrissage » (« l'attendrissage » est terminé quand l'âme a quitté le corps).

Interrogés par les collègues femmes, les proxénètes transpiraient de haine impuissante.

J'observais cet homme, inculpé pour proxénétisme, séquestration et actes de barbarie, attentif à ne pas trop sucrer son café.

Un jeune type ne voulait pas quitter son squat sans les petits pots d'échantillons de confiture emplis de son propre sang qu'il s'était prélevé après une injection d'héroïne. Ça lui faisait une réserve à se réinjecter plus tard, très diluée mais permettant de temporiser.

Beaucoup d'héroïnomanes pesaient moins lourd que leur cuillère et leur seringue réunies.

Seuls les camés n'ont réellement qu'un seul et unique but dans ce qui leur sert de vie.

Un de nos indicateurs, accro au crack, ne livrait des informations que dans l'obscurité (il fallait savoir s'adapter au client !).

L'indicateur est un oiseau africain qui conduit blaireaux et humains jusqu'aux ruches sauvages pour prendre sa part de miel, avais-je dit aux collègues qui ne m'ont pas cru.

Dans les procès-verbaux de mise sous scellés, les bijoux en or étaient *écartés* et devenaient de *métal doré*. La cocaïne était de la *poudre blanche présentant l'aspect d'une substance de type cocaïne*, et les diamants *des pierres présentant l'aspect de pierres précieuses*.

Je revois la barbe renaissante d'un travesti arrêté pour homicide, le matin dans la cellule de garde à vue, mais j'ai oublié le haïku qui m'était alors venu à l'esprit.

Certains transsexuels étaient presque aussi beaux que Valérie. Ils nous fixaient en passant la langue sur leurs lèvres gonflées mais fallait pas tout mélanger, et il y avait ce sale virus qu'ignorait Zola. Leurs pommettes saillaient comme celles des équipages sur les cargos frappés de la faucille et du marteau (le soviétisme en moins, la chirurgie en plus).

Un soir, les trois objectifs qu'on surveillait sont venus discuter en s'appuyant sur la carrosserie de notre sous-marin alors qu'on avait bataillé plusieurs semaines pour obtenir un micro à longue portée, ultrasensible ! De surprise, pas même ils ont bougé quand on a giclé du fourgon sous leur nez. Aux types du budget, on a dit ensuite : « C'est grâce au micro qu'on les a sautés, maintenant il nous faut des jumelles à amplification de lumière, et pas dans dix ans ! »

J'aimais la solidarité des gestes, moins celle des esprits.

On utilisait des petits chariots vieillots pour transporter les kilos de procédures d'un bureau à un autre.

J'ai croisé beaucoup de vies pareilles à une phrase restée à l'infinitif, beaucoup d'enfants aux visages grinçants, beaucoup de corps percés comme des poupées vaudou.

La tristesse infinie a souvent les pupilles dilatées et le corps maigre.

J'avais serré la main d'un médecin qui n'était pas la sienne (à l'Institut médicolégal, ils aimaient faire ce genre de blague !).

Je regardais ce braqueur qui se défendait sans avocat et finissait ses plaidoiries en se prenant dans les bras comme s'il allait danser avec lui-même.

Le téléphone sonnait en pleine nuit, je vérifiais mon arme avant même de m'habiller.

Le claquement de la culasse, les scratchs du gilet pare-balles, l'orange du brassard Police.

Je passais mon bras par la vitre baissée pour plaquer le gyrophare aimanté sur le toit de la voiture et les pneus crissaient comme si nous jouions dans une série télé plus vraie que nature.

Je détestais le roucoulement des pigeons à l'aube après une nuit passée à planquer pour rien.

J'identifie les nuances de claquement dans le casque antibruit, au stand de tir, entre le Manurhin MR 73, le Sig Sauer SP 2022 et les calibres spéciaux.

J'ai entendu des centaines de fois la formule réglementaire : « Mon arme est vide », prononcée par les moniteurs de tir dans les stands avant chaque manipulation devant nous.

J'ai toujours été bon tireur parce qu'étant myope, je respecte forcément les fondamentaux : « Organes de visée nets + cible floue = tir réussi. »

22

Je croyais être incapable d'aimer parce que je n'avais personne à aimer (l'être aimé crée la fonction).

Est-il possible d'aimer quelqu'un au ralenti ?

Peut-être ai-je aimé cette femme à cause de son front bombé (un effet sournois de la néoténie).

Au Literarisches Colloquium de Berlin, un poète kazakh est entré dans la chambre où près de moi dormait la femme au front bombé qu'il croyait seule et j'ai demandé : « Who is it ? », d'une voix caverneuse. Très doucement, le Kazakh lubrique a refermé la porte (il a tourné casaque).

Après la femme au front bombé, il y eut une brune aux yeux de blonde spécialiste du balanin des noisettes. Puis cette Lédonienne qui aimait faire l'amour à la spartiate sur les dalles glacées de sa maison du Jura.

L'âpreté des choses qui se terminent, la fragilité de celles qui doivent d'abord commencer avant de finir à leur tour.

L'impossibilité parfois de dire l'évidence.

J'aurai été indifférent, attentif, distant souvent, aimé parfois, amoureux un peu, plutôt résilient, fidèle en amitié, ne détestant pas que les choses partent en sucette.

La plupart de mes erreurs n'étaient pas des erreurs mais simplement moi en actions et en omissions.

J'ai appris à mes dépens comme à ceux d'autrui.

J'ai aimé une femme qui n'aimait qu'elle. On était donc liés par un amour commun (je vois le bon côté des choses) !

Il m'est arrivé d'avoir eu magnifiquement tort.

J'ai connu une Chinoise dont le prénom devait être prononcé férocement sinon il signifiait « poisson » !

L'étrange persistance en moi de ces mots : « Mon bel amour, ma déchirure. »

L'expérience de la vie en couple m'avait conduit à acquérir des assiettes incassables. Je les ai étrennées avec ma nouvelle compagne, une Italienne irascible qui trouva déplaisante la formule : « Les femmes passent, les assiettes restent » (mais elle n'a pas tardé à la confirmer).

J'aurais du mal à affirmer comme Mallarmé : « Nous fûmes deux, je le maintiens. »

23

La beauté de Valérie a persisté sous les rayons, mais pas plus que le visage du saint suaire. Sa beauté, il fallait désormais y croire pour la voir. C'était sa maladie à elle. Personne n'aurait pu croire qu'elle avait été de celles qui font le pas du héron.

J'ai dit : « T'as attrapé le tétanos », et elle a tenté de sourire. Paul a perdu d'un coup quinze années de séances orthophoniques. Dans le couloir, mon père a dit : « Elle avait qu'à pas fumer autant et mener cette vie à Paris, sans compter qu'elle se droguait à l'éther déjà dans sa chambre à Montblanc! » Après ça, pour Paul et moi il a définitivement cessé d'exister.

Valérie nous a demandé de l'aider à se vernir les ongles une dernière fois.

Je ne savais pas que la disparition pouvait à ce point être son contraire. Valérie est devenue terriblement présente. Même la visite d'une délégation du peuple des enfants n'aurait pu me soulager. Voilà pourquoi le héron souvent s'invite dans mes textes (mais il ne sait pas faire le vrai pas du héron!).

La mémoire comme une chatière par où vont et viennent les vivants et les morts.

Des souvenirs échappent parfois au sac et à la pelle et disent « le tétanos » en riant.

Qui donc accepterait de moins se souvenir pour moins souffrir ?

C'est affreux comme les morts sont plus ou moins morts selon les jours.

C'est affreux comme du jour au lendemain la nuit parfois oublie de s'en aller.

C'est affreux comme l'amour sait assouplir l'échine avant de la briser.

C'est affreux comme les goûts précèdent les dégoûts.

C'est étonnant comme le sentiment de vivre parfois fait éclater le temps.

C'est étonnant comme d'un carré d'herbe, la Vie autant de vies suscite.

C'est étonnant comme la douceur de l'air peut être réelle.

C'est étonnant comme la joie de vivre semble être un monopole du peuple des enfants.

C'est étonnant comme aimer justifie les choses avant de les détruire.

C'est étonnant comme j'aime penser à vous, Vanessa.

24

Le compositeur joue devant une fenêtre ouverte sur la nuit que l'on devine douce. Son futur interprète de référence fume à ses côtés un cigare en suivant sur la partition. Les deux sont morts depuis longtemps. Cette photo de jaquette, plus encore que la musique pourtant belle de ce disque, m'émeut. Eux deux, c'est vous et c'est moi. C'est notre nuit douce à nous (ce sera notre mort à chacun).

J'aime aussi ce disque dont la jaquette représente la silhouette de Brahms accompagné d'un hérisson. Je note que hérisson contient héron. Hérisson – héron = iss (mis en sauce, le produit de cette soustraction donne saucisse).

Un mot en entraîne d'autres.

Sauf bien sûr le mot de la fin.

Achevé d'imprimer en février 2020
dans les ateliers de Normandie Roto Impression s.a.s.
à Lonrai (Orne)
N° d'éditeur : 2688
N° d'édition : 365331
N° d'imprimeur : 2000403
Dépôt légal : mars 2020

Imprimé en France